Benjamin et son casque

D'après un épisode de la série télévisée *Benjamin* produite par Nelvana Limited, Neurones France s.a.r.l. et Neurones Luxembourg S.A.

Basé sur les livres de *Benjamin* de Paulette Bourgeois et Brenda Clark.

Adaptation de la série télévisée écrite par Eva Moore et illustrée par Sean Jeffrey, Mark Koren, Alice Sinkner et Jelena Sisic.

Scénario télé écrit par Nicola Barton.

Benjamin est une marque déposée de Kids Can Press Ltd.

Le personnage Benjamin a été créé par Paulette Bourgeois et Brenda Clark.

Donnée de catalogage avant publication (Canada)

Vedette principale au titre :

Benjamin et son casque

Basé sur les personnages créés par Paulette Bourgeois et Brenda Clark.
Traduction de : Franklin's bicycle helmet.
ISBN 0-439-98511-0

I. Bourgeois, Paulette. II. Clark, Brenda. III. Duchesne, Christiane, 1949-

PS8550.F72814 2000   jC813'.54   C99-932825-5
PZ23.Ben2000

Édition publiée par Les éditions Scholastic, 175, Hillmount Road, Markham (Ontario) Canada, L6C 1Z7, avec la permission de Kids Can Press Ltd.

5 4 3 2 1   Imprimé à Hong-Kong   0 1 2 3 4 / 0

Benjamin et son casque

*Basé sur les personnages créés
par Paulette Bourgeois et Brenda Clark*

Texte français de Christiane Duchesne

Les éditions Scholastic

Benjamin sait compter par deux et lacer ses
chaussures. Il sait faire des nœuds et des boucles.
Mais il ne peut plus attacher son casque de vélo,
car il est bien trop petit pour lui.

Sa maman l'amène au magasin pour en acheter un nouveau. Il y a des tablettes remplies de casques. Benjamin en choisit un blanc et argenté, avec une lumière rouge sur le dessus.

— C'est celui-là que je veux! dit-il.

La maman de Benjamin s'assure qu'il lui va bien.

— Tu es bien certain de l'aimer? demande-t-elle. Il est un peu voyant.

— Moi, je le trouve super! répond Benjamin.

— D'accord, dit sa maman. Si c'est celui-là que tu veux, nous le prenons!

Benjamin saute de joie.

Cet après-midi-là, Benjamin révise son code de sécurité pour le Grand rallye à vélo.

— Demain, tu seras parfait, lui dit son papa. Et je crois qu'Agent Raton sera très impressionné par ton nouveau casque.

Benjamin sourit fièrement.

— J'ai tellement hâte de le montrer à mes amis! dit-il.

Le lendemain matin, Benjamin prend son temps
pour se rendre au rallye. Il veut que tous ses amis
soient là lorsqu'il arrivera. Son nouveau casque les
étonnera tous.

Quand il arrive dans la cour de l'école, Benjamin se cache derrière les buissons. Il surprend ses amis en pleine conversation.

— As-tu vu ces bizarres de casques avec une lumière rouge sur le dessus? demande Raffin.

— Moi, je ne porterais jamais ça! dit Lili. J'aurais l'air d'un camion de pompier avec un truc pareil sur la tête.

Soudain, Benjamin ne sait plus quoi penser de son casque. Il l'enlève et l'attache au guidon de son vélo.

Benjamin abandonne son vélo derrière les buissons et va rejoindre ses amis.

— Où est ton vélo? demande Lili.

— Euh... j'ai une crevaison, ment Benjamin. Je ne peux pas faire le rallye.

— Tu peux prendre mon vélo, lui propose gentiment Martin. Et mon casque aussi.

Benjamin retrouve sa bonne humeur.

— D'accord, Martin! dit-il. Merci beaucoup.

Agent Raton donne un coup de sifflet. Le rallye va commencer! Les cyclistes placent leur vélo sur la ligne de départ.

— Qu'est-ce que c'est, ce bruit? demande Raffin.

— C'est mon vélo, répond Basile. J'ai fixé un morceau de carton à la roue. Comme ça, mon vélo fait le même bruit qu'une moto!

— Ou qu'un vélo avec un morceau de carton dans la roue, dit Raffin.

Raffin et Lili éclatent de rire et partent en vitesse.

Basile a l'air embêté.

— Je devrais peut-être enlever le morceau de carton, dit-il.

— Moi, j'aime bien le son que ça fait, dit Benjamin.

— C'est vrai? demande Basile. Je l'aime bien, moi aussi.

Basile réfléchit un moment, puis il se décide.

— Alors, je le laisse comme il est! déclare-t-il.

Agent Raton révise les règles de sécurité.

— Celui qui termine la course sans faire une seule erreur recevra un magnifique autocollant de sécurité, tout brillant! promet-il.

Tous les concurrents sont très excités.

Raffin est le premier à recevoir son autocollant. Puis, Lili et Basile reçoivent le leur. Martin fait lui aussi un parcours impeccable.

Puis, vient le tour de Benjamin. Il s'avance sur le vélo de Martin, le casque de Martin sur la tête.

– Une minute, Benjamin, dit Agent Raton. Ce casque est bien trop grand pour toi. Un casque doit être parfaitement ajusté pour bien protéger la tête.

Benjamin est bien déçu.

– Désolé, Benjamin, dit Agent Raton, mais c'est imprudent de rouler avec ce casque-là. Je garderai ta récompense pour le prochain rallye; il y en aura un autre bientôt. D'accord?

Benjamin hoche tristement la tête. Le rallye est terminé.

En aidant Agent Raton à ranger ses choses, Benjamin aperçoit Basile dans les buissons. Basile a trouvé son casque!

Benjamin court le rejoindre.

— Qu'est-ce que tu fais là? crie-t-il en s'emparant du casque.

— C'est à toi? s'exclame Basile, tout surpris.

— Oui, avoue Benjamin. Mais je ne veux pas faire rire de moi.

— Je ne ris pas de toi, dit Basile. Je le trouve super!

— C'est vrai? dit Benjamin. Moi aussi, ajoute-t-il avec un grand soupir.

Benjamin examine son casque, puis il le met sur sa tête.

— Attendez! crie Benjamin en courant vers Agent Raton.

— Eh bien! dit Agent Raton. À qui appartient ce casque?

— À moi, répond Benjamin en regardant Raffin et Lili. Et je l'adore!

— Il me plaît, à moi aussi, dit Agent Raton. Il te va parfaitement, et on peut te voir à un kilomètre à la ronde. Être vu de loin, c'est la sécurité!

Benjamin inspire profondément.

— Est-ce qu'il est trop tard pour avoir mon autocollant?

— Tu es juste à temps! répond Agent Raton en souriant.

Benjamin termine la course sans une seule erreur et reçoit son propre autocollant, tout beau, tout brillant. Il pédale jusqu'à la maison, aussi vite qu'il le peut.

— J'ai tout réussi! dit Benjamin à ses parents. Et regardez ce que j'ai gagné!

— Bravo, Benjamin! dit sa maman.

— Je savais bien que tu serais un vrai champion! ajoute son papa. Tes amis ont-ils aimé ton nouveau casque?

Benjamin sourit.

— Je ne sais pas, répond-il. Mais moi, je l'aime énormément!